Cynnwys

Y Dyn Gwyrdd   5

Y Coed Teg   31

I staff a disgyblion Ysgol Pennal
M.S.R

Dylunio: Elgan Griffiths

Rhif Llyfr Safonol Rhyngwladol:
978-1-84527-490-0

Cyhoeddwyd gyda chymorth ariannol
Cyngor Llyfrau Cymru.

Argraffwyd a chyhoeddwyd gan Wasg Carreg Gwalch,
12 Iard yr Orsaf, Llanrwst, Dyffryn Conwy, Cymru LL26 0EH.
Ffôn: 01492 642031
e-bost: llyfrau@carreg-gwalch.com
lle ar y we: www.carreg-gwalch.com

Cyhoeddwyd ac argraffwyd yng Nghymru

Y Dyn Gwyllt
a'r Coed Teg

Manon Steffan Ros

Lluniau gan
Peter Stevenson

🔔 Dwy stori sy'n glir fel cloch 🔔

Y Dyn Gwyrdd

"Ew! Am storm! Chlywais i ddim taranau fel y rheiny ers amser maith, naddo wir!" meddai Eifion.

"Na finna," cytunodd Huw. "A'r mellt! Chysgais i 'run winc neithiwr."

Oedd, roedd y storm wedi dychryn pawb yn y pentref y noson cynt.

Er na chafodd neb ei frifo, trawyd coeden ywen ym mynwent yr eglwys gan glamp o fellten.

Cwympodd y goeden drwy ffenest liw fawr yr eglwys, gan falurio'r gwydr yn rhacs jibidêrs.

"Mae hon yn mynd i gostio
ffortiwn i'w thrwsio," meddai Eifion,
gan sgubo'r gwydr yn y bore.

"Wel, beth am John Bach?
Gwneud ffenestri lliw oedd ei waith
o, cyn iddo fo ymddeol, yntê?"
meddai'r ficer.

"Ac mae ganddo fo weithdy yng nghefn yr ardd. Pwy sydd am ofyn iddo?"

"Braidd yn brysur ydw i heddiw, Ficer," meddai Eifion.

"A finnau, Ficer," cytunodd Huw, a diflannodd y ddau cyn i'r ficer gael cyfle i ofyn eto.

Un digon od oedd John Bach ac roedd ar sawl un ei ofn.

Byddai rhai'n galw John Bach yn 'hen gorrach', am ei fod o'n fychan fel plentyn, er ei fod o'n hen ŵr. Credai'r pentrefwyr nad oedd ganddo deulu na ffrindiau.

Yr unig beth wydden nhw amdano oedd ei fod o wedi treulio'i fywyd yn creu ffenestri lliw hyfryd ar gyfer eglwysi dros y wlad.

Aeth y ficer i weld John Bach a chytunodd hwnnw i drwsio ffenest liw yr eglwys, a hynny am bris rhesymol iawn.

Gweithiodd John Bach fel lladd nadroedd yn ei weithdy bach yng nghefn yr ardd.

Bobol bach, roedd 'na hen synau od i'w clywed yn dod o'r lle. Tinc! Tonc! Crash! Bang!

Un noson, heb i neb sylwi, aeth
John Bach ati i osod y ffenest
newydd yn ei lle.

Doedd dim posib i ddyn mor
fychan â John wneud hynny ar
ei ben ei hun, ac eto, welodd neb
unrhyw un yn rhoi help llaw iddo.

Roedd y pentrefwyr yn siŵr fod
tylwyth teg neu gorachod hud wedi
helpu'r crefftwr bach.

Roedd llenni yn cuddio'r ffenest
y tu mewn i'r eglwys. Trefnwyd
parti mawr yno i'w dadorchuddio.

Safodd John Bach ar ei draed tua diwedd y parti, ar ôl y canu a'r adrodd, a thynnu'r llenni oddi yno i bawb gael gweld y ffenest yn ei holl ogoniant.

Bu tawelwch hir. Syllodd y pentrefwyr ar y ffenest yn gegrwth.

"Be gebyst ydi dy gêm di, John
Bach?" meddai'r ficer o'r diwedd.
"Be yn y byd ydi hwnna ar waelod
y ffenest?"

Llun o ddyn gwyrdd oedd yno,
ei wyneb wedi'i wneud o ddail,
a chyrn yn tyfu bob ochr i'w ben.
Welodd neb erioed y ffasiwn beth
mewn ffenest liw o'r blaen. Roedd
hyn wedi gwylltio a dychryn y ficer
a phobol y pentref.

"Mae'r holl wynebau yn y ffenest yma yn edrych ar y bobol yn yr eglwys, ac ar yr hyn sy'n digwydd yma," esboniodd John Bach. "Ond mae'r dyn gwyrdd yn edrych i mewn *a* thu allan i'r eglwys. Pan fydd y dyn gwyrdd yn hapus gyda'r hyn mae'n ei weld, bydd ei lygaid ar agor, fel maen nhw rŵan. Ond pan fydd o'n anhapus, bydd yn cau ei lygaid ar y byd."

Ac oedd, roedd John yn dweud y gwir. Roedd wyneb y dyn gwyrdd i'w weld y tu mewn i'r eglwys ...

... ac roedd wyneb y dyn gwyrdd
i'w weld yn y fynwent, a'i lygaid
yn llydan, fel petai'n gwylio pawb.
Rhedodd Dylan i mewn i'r
eglwys, a gweiddi:

"Dwi'n siŵr fod y dyn gwyrdd yn
tynnu stumia arna i yn y fynwent!"

Wel wir, roedd y pentrefwyr yn gandryll. Chafodd John Bach mo'i dalu am ei waith, ac yn waeth na hynny, tyngodd y bobol y bydden nhw'n chwalu'r ffenest newydd cyn gynted â phosib.

Ond dyma i chi beth od. Pan aeth y dynion at y ffenest ychydig ddyddiau'n ddiwéddarach gyda cherrig trymion a rhawiau a morthwylion, yn barod i'w malurio'n rhacs, bloeddiodd un ohonynt mewn braw:

"Iesgob annwyl! Edrychwch! Mae llygaid y dyn gwyrdd ar gau!"

"Mae 'na ryw hud a lledrith yn y ffenest yma. Mi ddeudais i erioed mai un rhyfedd oedd John Bach. Wna i ddim cyffwrdd yn y ffenest yma, rhag ofn i mi gael fy melltithio."

"Na, na finna."

"Dim ond ffŵl fyddai'n chwalu'r ffenest yma rŵan."

Ac felly ni faluriwyd y ffenest o gwbl, a chafodd y dyn gwyrdd rwydd hynt i farnu'r pentrefwyr gyda'i lygaid craff.

Bu rai o blant y pentref yn galw
enwau ar John Bach,

nes iddyn nhw weld llygaid y dyn
gwyrdd wedi cau bob tro y bydden
nhw'n mynd ar gyfyl yr eglwys.

Fe gafodd Mrs Elis y Pandy –
'Catrin Clecs' – syndod mawr pan
gaeodd y dyn gwyrdd ei lygaid
arni.

Penderfynodd beidio byth â hel
clecs am ei chymdogion eto.

Cafodd Twm a Jo Talgarth fraw
o weld llygaid y dyn gwyrdd yn cau
wrth iddyn nhw eistedd ar wal y
fynwent yn sglaffio da-da, a wnaeth
y ddau byth ddwyn fferins o'r siop
wedyn.

Mae'r dyn gwyrdd yn dal i'w weld yn y ffenest liw hyd heddiw. Efallai y cewch chi ei weld ryw ddydd. Ond gwnewch chi'n siŵr eich bod yn bihafio, neu bydd y dyn gwyrdd yn cau ei lygaid yn dynn arnoch chi!

Y Coed Teg

Roedd hi'n fis Medi, a hithau wedi
bod yn haf hir a chynnes. I ddathlu
casglu'r cnydau, roedd parti mawr
yn y pentref – noson lawen, gyda
chanu a dawnsio gwerin, a digon
o hwyl a chwerthin.

Ond nid dyna'r unig barti oedd
yn digwydd y noson honno.

Mewn llecyn bach ar gyrion y pentref, roedd y tylwyth teg hefyd yn dathlu. Roedd eu parti nhw yn fwy bywiog na pharti'r bobol gyffredin.

Roedd band yn chwarae a
thylwyth teg o bob oed yn dawnsio
i sain telyn, gitâr, ffidil, pibau a
drymiau yng ngolau'r lleuad. Roedd
mochyn cyfan wedi'i rostio uwchben
y tân, a'i arogl yn ddigon i dynnu
dŵr o ddannedd unrhyw un.

Roedd llawer o bobol y pentref yn ddig iawn o glywed holl sŵn parti'r tylwyth teg tra oedden nhw ar eu ffordd yn ôl i'w cartrefi o'r noson lawen.

Daeth nifer ohonynt ynghyd ar sgwâr y pentref, pob un yn ysgwyd ei ben ac yn cwyno.

"Maen nhw'n mynd o ddrwg i waeth! Roedd rhywun wedi dwyn hanner yr afalau oddi ar fy nghoeden fach i fore ddoe," meddai Menai Ifans.

"Mi fetia i mai'r hen
dylwyth teg oedd wrthi!"
cwynodd Siw Tai Newyddion.

"Paid â son! Roedd fy hoff liain bwrdd i wedi diflannu oddi ar y lein wythnos dwytha.

"Dwi'n siŵr mai'r hen dylwyth teg yna oedd yn gyfrifol," meddai Siw.

"Ie, yr hen dylwyth teg 'na eto!" cytunodd Selwyn Caeau Madog.

"A beth am yr holl hud a lledrith mae'r cnafon yn ei wneud?" cwynodd Selwyn. "Roedd hi'n drybeilig o oer bore ddoe.

Mi wranta i mai'r tylwyth teg
oedd wedi gwneud rhyw gastiau
efo'r tywydd!"

Wrth gwrs, nid y tylwyth teg oedd
yn gyfrifol am y tywydd oer, nac
am ddwyn afalau na'r lliain bwrdd,
nac unrhyw beth arall y cawson
nhw ei gyhuddo ohono. Ond roedd
y pentrefwyr yn ddrwgdybus o'r
tylwyth teg erioed, a nhw oedd yn
cael y bai am bopeth âi o'i le.

"Mae'n bryd gwneud rhywbeth am hyn. Rhaid i ni fynd i'r llecyn bach 'na lle maen nhw'n byw i ddysgu gwers iddyn nhw."

Aeth y dynion yn ôl i'w cartrefi.
Stomp! Stomp! Stomp!

Ac yn ôl i'r sgŵar unwaith eto.
Stomp! Stomp! Stomp!
Roedd ffaglau yn eu dwylo.

Pwy oedd wedi bod yn gwrando ar yr holl siarad ond Jini Penmaenisa, ac roedd hi wedi dychryn. Er mai dim ond merch fach oedd hi, roedd hi'n gallach na'r rhan fwyaf o oedolion, ac yn deall yn iawn mai rhai heddychlon ac annwyl oedd y tylwyth teg.

Felly, yn lle mynd i'w gwely, sleifiodd Jini allan o'r pentref, a rhedeg nerth ei thraed i gyfeiriad llecyn y tylwyth teg.

Roedd hi'n oer ac yn dywyll wrth i Jini fach frysio ar y llwybr cul yng ngolau gwan y lleuad.

Ond dilynodd Jini sŵn cerddoriaeth
hyfryd y tylwyth teg, ac ymhen
ychydig, roedd hi wedi cyrraedd.

Aeth y tylwyth teg yn hollol ddistaw.

Safodd pob un ohonyn nhw'n
stond wrth weld y ferch fach, a
safodd hithau, wedi blino'n lân.

"Mae'n rhaid i chi ddianc!"
bloeddiodd, yn fyr ei gwynt. "Mae
dynion y pentref ar eu ffordd yma!"

Ebychodd rhai o'r tylwyth teg mewn ofn a rhedodd rhai o'r plant at eu rhieni i gael cysur.

"Ond pam?" gofynnodd un o'r tylwyth teg, un oedrannus â barf oedd yn ymestyn at y llawr.

"Does dim amser i esbonio. O, bobol bach! Gwrandewch!"

Clustfeiniodd pawb a chlywed sŵn
traed y dynion fel milwyr yn nesáu.
Stomp! Stomp! Stomp!

"Mi wna i fy ngorau glas i'w dal
nhw'n ôl. Mae'n rhaid i chi ddianc!"
meddai Jini.

Rhedodd Jini yn ôl ar hyd y llwybr, a chafodd dynion y pentref syndod mawr ei gweld hi yno.

"Jini Penmaenisa! Beth yn y byd wyt ti'n ei wneud yma?"

"Gadewch lonydd i'r tylwyth teg! Wnaethon nhw ddim byd o'i le erioed!"

Ond ymlaen â'r dynion – Stomp!
Stomp! Stomp!

Ysgydwodd Jini ei phen, wedi colli
pob gobaith. Doedd y tylwyth teg
ddim wedi cael amser i ddianc.

"Lle gebyst maen nhw?"
gofynnodd un o'r dynion, a throdd
Jini ei phen i weld.

Doedd dim un o'r tylwyth teg i'w
weld yn unman.

Yn eu lle, roedd coed wedi tyfu –
rhai mawr a rhai bach, a phob un
yn llonydd ac yn dlws dan olau'r
lleuad. Roedd y llecyn moel wedi'i
droi yn goedlan hardd. Coed Teg
oedd enw'r fan wedi hynny.

Er dyfal chwilio, ni welwyd y
tylwyth teg byth wedyn yn yr ardal
honno. Ond roedd Jini'n meddwl ei
bod hi'n eu gweld nhw weithiau, pan
âi hi am dro drwy'r Coed Teg.

Roedd fel petai wyneb gan bob un goeden. Ac ambell dro, meddyliodd Jini'n siŵr fod yr wynebau hynny'n rhoi gwên fach ddiolchgar iddi.

🔔 Cyfres Cloch 🔔

Teitl arall yn yr un gyfres ...

Mared Llwyd

Cloch

Gwraig i'r Eryr
a Helynt Gwion

🔔 Dwy stori sy'n glir fel cloch 🔔